ネズミのマルコ・ポーロ

図書館のぬいぐるみかします

2 はじめての おとまり会

作 シンシア・ロード　絵 ステファニー・グラエギン

訳 田中奈津子

ポプラ社

サラへ
CL

ソフィアとオリビアのために
SG

◆◆◆◆◆◆◆◆◆◆◆◆◆◆◆◆◆◆◆◆◆

BOOK BUDDIES:
Marco Polo Brave Explorer

Written by Cynthia Lord
illustrated by Stephanie Graegin

Text © 2022 by Cynthia Lord
Illustrations © 2022 by Stephanie Graegin

Published by arrangement with WALKER BOOKS LIMITED, London SE11 5HJ
through Japan UNI Agency, Inc., Tokyo

1

ネズミの マルコ・ポーロ

　ネズミの　マルコ・ポーロは、

クリスマスツリーの　かざりでした。

　ポケットに　すっぽり　入るくらい

小さくて、からだは　やわらかい

フェルトで　できています。

　うでと　しっぽには　はり金が　入っていて、

まげれば　ものを　もたせたり、なにかに

ぶらさげたりすることも　できます。

　マルコ・ポーロは、小さな　みどり色の

ベストを　きて、どんぐりの　ぼうしを

かぶっています。ベストの　せなかには、赤い

リボンが　とおしてあり、わに　なっています。
クリスマスツリーの　えだに　さげるためです。
　このかざりは、図書館で　はたらいている、
人気ものの　アンに　あげようと、だれかが
作ってくれたものでした。
「まあ、すてき！」
　ネズミを　ひとめ見るなり、アンは
いいました。
「この　ちっちゃな　ネズミ、今すぐ
　ぼうけんに　行きたいって　顔を
　しているわ。ゆうかんな　たんけんかの
　名前を　とって、マルコ・ポーロっていう
　名前に　しましょう。」
　ゆうかんな　たんけんかだって？
　そりゃ、わるくないね、

と、マルコ・ポーロは　思いました。

　アンは　家に　帰ると、マルコ・ポーロの
リボンを、クリスマスツリーの　えだに
かけました。

　マルコ・ポーロは　毎ばん、ツリーの
ライトが　赤や　みどりや　黄色や　ピンクや
青に、ちかちか　光るのを　見ていました。

　おきゃくさんが　くると、クリスマスソングが
かかり、みんなは　楽しそうに
わらっています。

　おだやかな　毎日でしたが、マルコ・ポーロは、
なんだか　ものたりなくなってきました。

　ここから　うごけないんじゃ、ゆうかんな
たんけんかになんか　なれないよ。

　ツリーの　においを　かいでいると、まるで

外に　いるような　気分に　なります。そこで
マルコ・ポーロは、自分が　森の　なかに
いるところを　思いうかべました。
　ぼくは　ふかい　雪の　なかを　走ってる。
まっくらな　森の　おくへ　入っていくんだ。
オオカミや　クマが

おいかけてくるかもしれない。

　でも、ゆうかんな　たんけんかは、
こわがったりしないのさ！

　そうは　いっても、これは
そうぞうでしかありません。ほんとうの
マルコ・ポーロは、ツリーに　つるされて、
雪だるまと　サンタクロースの　かざりの
あいだで　じっとしているだけでした。

　年が　明けると、アンが　大きな　はこを
もってきて、ツリーの　よこに　おきました。

　マルコ・ポーロは　わくわくしました。はこの
なかには、なにが　入っているのでしょう？

　ところが、アンが　はこを　あけると、なかは
からっぽでした。

　アンは、雪だるまの　かざりを　えだから

はずし、やさしく　手に　のせました。
「また　つぎの　クリスマスにね。」
　そういうと、雪だるまを　はこに
入れました。
　つぎの　クリスマス？　どういうこと？
　マルコ・ポーロは、自分の　小さな　耳が
しんじられませんでした。
　アンは、マルコ・ポーロを　えだから
はずして　手に　のせ、にっこりしました。
「かわいいわねえ。ほんとは
　しまいたくないのよ。もう少し　大きければ、
　図書館の　ブック・フレンドに
　なれるんだけど。そうしたら　きっと、
　大人気に　なるわ。」
　そういうと、ためいきを　つきました。

「でも、小さすぎるの。なくなってしまったら、
　たいへんでしょう？」
　アンは、雪だるまの　入っている　はこに、
マルコ・ポーロを　入れました。
　マルコ・ポーロは　がっかりしました。
　小さすぎる？　ネズミって、
小さいものなんじゃないの？
「だけど……」
　アンは　ゆっくりと　いいました。
　そして、しばらく　考えてから、はさみを
とりだしました。
「やってみても　いいかもね。」
　アンは　マルコ・ポーロを　はこから　出し、
せなかの　赤い　リボンを　切りました。

「もう、クリスマスツリーの　かざりじゃないわ。

　きょうから、ブック・フレンドよ。」

　アンは、マルコ・ポーロの　ベストから、

リボンを　ひきぬきながら　いいました。

　マルコ・ポーロは、ゆかに　ころがっている

くるりと　まるまった　赤い　リボンを

見つめました。自分の　小さい　目が

しんじられません。

　マルコ・ポーロは、ブック・フレンドに

なったのです。

2

ブック・フレンドに なる

　マルコ・ポーロは、図書館で
ブック・フレンド（本の　ともだち）に
なりました。
　ブック・フレンドと　いうのは、図書館に
おいてある　ぬいぐるみや
にんぎょうのことです。
　子どもたちは　図書館で　ブック・フレンドに
本を　読んであげたり、かりてかえることも
できます。
　それぞれ　日記ちょうが　ついていて、
その　ぬいぐるみと　どんな　ぼうけんを

14

したか、絵や　文が　かけるのです。

　子どもたちは　みんな、すぐに
マルコ・ポーロが　大すきに　なり、たくさん
おはなしを　読んでくれました。

　マルコ・ポーロが　すきなのは、ネズミが
ぼうけんする　おはなしです。

とくに　気にいったのは、

「編集長ジェロニモ」シリーズ、

『スチュアートの　大ぼうけん』、

『子ねずみラルフの　ぼうけん』です。

　子どもたちは、マルコ・ポーロを

にんぎょうの　家で　ねかせたり、つみきで

小さな　町を　作ってあげたりしました。

　マルコ・ポーロの　うでと　しっぽには、

はり金が　入っているので、子どもたちの

ゆびに　ぶらさがったり、コートかけの

フックや、テーブルの　はしや、本だなからも

ぶらさがったりすることが　できました。

　ブック・フレンドって、ゆうかんな

たんけんかに　ぴったりです。

　ただ、ひとつ　大もんだいが　ありました。

マルコ・ポーロは、いちども　図書館の
外へ　出たことが　なかったのです。
　子どもたちの　おとうさんや　おかあさんが、
かりては　いけないと　いうのです。
「そのネズミは　だめ。小さすぎるから。
　なくしたら　どうするの？」
　マルコ・ポーロは、たなに　もどされました。
そして、フクロウさんや、ユニコーンの
キラリや、めんどりの　コッコと　ひよこの
ピッピが　子どもたちに　かりられていくのを、
ただ　ながめていました。
　ブック・フレンドたちの　日記ちょうには、
ぼうけんの　かずかずが、びっしり
かきこまれていますが、マルコ・ポーロの
日記ちょうは、まだ　ほんの２、３ページしか、

うまっていません。

　どこにも　行けないんじゃ、ゆうかんな
たんけんかになんか、なれないよ。

　マルコ・ポーロは　ずっと　そう
思っていました。

　ある日、セスという　男の子が、パパと
弟と　いっしょに、図書館へ　やってきました。

　マルコ・ポーロは　セスが　すきでした。
ぼうけんの　本を　読んでくれるからです。

　今日の　セスは、サボテンの　絵が　ついた
青い　Tシャツを　きています。

　マルコ・ポーロは、あれ地に　いるところを
そうぞうしてみました。

　あつい　すなの　上を　走るんだ。

　サボテンの　花を　食べ、サボテンジュースを

のむ。

　オオカミに　おそわれるかもしれない。

　ガラガラヘビが　大きな　口を　あけて、
とびかかってくるかもしれない。

　だけど、ゆうかんな　たんけんかは、
ぜったいに　こわがらないんだ！
「あと　5分で、おはなしの　時間ですよ。」

　ビーズクッションに　すわって　本を
読んだり、小さな　テーブルで　ゲームを
したりしている　親子たちに、アンが　声を
かけました。
「きょうは、にわとりの　絵本を　読みます。

　コッコッコって、鳴く　じゅんびは

　いいですか？　さいしょの　本は、

　『いいこで　ねんね』。」

「ネイト、あれ　おもしろいよ！

　ぼく　小さいときに　読んだんだ。」

　セスが　弟の　ネイトに　いいました。

「コッコッコ！」

　ネイトが　にわとりの　まねを　しました。

　アンは　ふたりを　見て、にっこりしました。

「にわとりの　おはなしには、コッコと

　ピッピが　いなくちゃね。きょうの

　とくべつゲストに　しましょう。セスと

　ネイト、コッコと　ピッピを

　つれてきてくれる？」

　マルコ・ポーロは　しめた、と、思いました。

　ゆうかんな　たんけんかなら、チャンスは

自分で　つかみに　いかなくちゃ。

　そこで、ピッピの　タグに　自分の　しっぽを
ひっかけました。
　セスは　白と　黒の　めんどりを、
ブック・フレンドの　たなから　とりました。
それを　弟の　ネイトに　わたします。
「ネイトは　コッコを　もって。」
　ネイトは、コッコの　つばさを
ぱたぱたして、とぶ　まねを　させました。
　セスは　つぎに、ふわふわの　黄色い
ひよこを　手に　とりました。
「おいで、ピッピ。」

ピッピには、マルコ・ポーロも
くっついています！
　と、思ったら……。
　しっぽが　ピッピの　タグから　はずれて、
マルコ・ポーロは、セスの　足もとに
ころがりおちました。
「マルコ・ポーロ、あなたが　とくべつゲストに
　なるのは、また　こんどね。きょうは、
　コッコと　ピッピの　ばんなの。」
　アンは　マルコ・ポーロを、
ブック・フレンドの　たなに、やさしく
もどしました。
「マルコ・ポーロとは、ネズミには　めずらしい
　名前ですね。」
　セスの　パパが　いいました。

「今すぐ　ぼうけんに　行きたいって　顔を

していたので、たんけんかの　名前を

つけたんです。」

アンが　こたえました。

「セスも　こんどの　土曜日に、

ぼうけんするんです！　ともだちの

たんじょう日パーティーのあと、その子の

家に　とまるんですよ！」

パパが　ほこらしげに　いいました。

「ほんと、セス？　それは　楽しみね！　よその

家に　とまるのは、はじめて？」

セスは　かたを　すくめました。

「おじいちゃんと　おばあちゃんの　家には、

ネイトと　ふたりで、とまったことが　あるよ。

だけど、ともだちの　家に　とまるのは、

はじめて！」

「ベンの　たんじょう日パーティーには、

　ともだちが　おおぜい　くるのですが、

　とまれるのは、ベンが　えらんだ

　セスひとりなんです！」

　パパが　いいました。

「マルコ・ポーロを　かりていい？

　おとまり会に　つれていきたい。」

　セスが　パパに　ききました。

　やった！　おとまり会だなんて、ゆうかんな

たんけんかに、ぴったりな　ぼうけんだぞ！

と、マルコ・ポーロは　思いました。

「そうだなあ。ちょっと　小さすぎるな。

　なくしたら　たいへんだ。」

　パパは　そういって、フクロウさんを　手に

とりました。

「こっちは　どうだい？」

「いやだよ。」

　セスは　首を　ふりました。

　パパは　ムササビの　ムササを　手に

とりました。

「じゃ、これは？　これも

　かわいいじゃないか。」

「ぼく、マルコ・ポーロが　いいんだ。」

　セスは　かなしそうに　いいました。

　マルコ・ポーロも　かなしく　なりました。

　セスが、パパと　ネイトの　あとから、

おはなしの　へやへ　行くのを、

マルコ・ポーロは　じっと　見つめました。

　なくすって、どういうこと？

どうして　みんな、そんな　しんぱいするの？

　セスの　パパの　気が

かわってくれないかなと、マルコ・ポーロは

ねがいました。

　小さいことは、わるいことじゃないって、

わかってもらいたいのです。

　すると、きゅうに　こんな　声が　しました。

「やっと　行ってくれた。さっきから　ずっと、

　くしゃみが　したくて

　たまらなかったんだ！」

3

はじめての ぼうけんへ！

「はっくしょん！」

　ユニコーンの　キラリが、くしゃみを
しました。

「この　きらきらの　せいなんだ。たまに
　はなのなかに　入っちゃうんだよ。」

「ここに　いる　ぜんいんの　はなに
　入っているぞ、ホー！　わしのような
　羽根なら　よかったんじゃ。これなら
　とれないからな。」

　フクロウさんが、めいわくそうに
いいました。

「きらきらは　気にいってるんだ。子どもたちも

　すきだしね。ぼくは　きらきらしているから、

　よく　かりてもらえるのさ。」

　キラリが　いいました。

「わたしだって。」

　おひめさまの　にんぎょうの　リリーが、

光りかがやく　ドレスを　見せびらかしました。

「きょうは　どんな子が

かりてくれるかしら？　この前は、海に

つれていってもらったのよ！」

「おいらは　じてんしゃの　かごに　のった。

　スピードが　出て　楽しかったな。風で　毛が

　ヒューッて　なってさ！」

　クマくんが　いいました。

「わたしは、だれかと　いっしょに

　かしだされたいな。ともだちと

あそぶのって、楽しいんだもん。」
　にんぎょうの　アイビーが　いいました。
「ぼく、だれでも　いいから、かりてもらいたい。」
　マルコ・ポーロが　ぼそっと　いいました。
　クマくんが、マルコ・ポーロの　かたに、
そっと　手を　おきました。
「セスが　すごく
　　かりたがっていたじゃないか。セスの
　　パパだって、たぶん　いいよって　いうよ。」
「きっと　だいじょうぶ。」
　ムササが　うなずきました。
　マルコ・ポーロは　ためいきを　つきました。
「たぶん」とか　「きっと」って、こわい
ことばです。その気に　させておいて、
けっきょく　「だめ」に　なるんです。

「しーっ！　子どもたちが　もどってくるぞ。
　もとの　いちに　もどるんじゃ！　キラリは、
　きらきらを　ふりまかんようにな、ホー！」
　フクロウさんが　いいました。
　子どもたちが、どやどやと　へやに
かけこんできます。
　マルコ・ポーロは、こんなことが
おきないかなと、そうぞうしました。
　ひとりの　子どもが、へやの　むこうから、
こちらを　見て　いいます。
「ぼく、マルコ・ポーロを　かりたい！」
「もちろん、いいよ！　すばらしいね！」
と、おとうさんが　いうのです。
　そして――。
　マルコ・ポーロは　もちあげられました。

「パパ、いいでしょ？」

　セスが　ききました。

　パパは　ためいきを　つきました。

「クマくんは　どうだい？　図書館に

　かえすときに、すぐ　見つけられるよ。」

　セスは　首を　ふりました。

「マルコ・ポーロが　いいんだ。」

「わかった。だけど、ぜったいに

　なくさないように、気を　つけるんだぞ。」

「うん、やくそくするよ。」

　セスは　いいました。

　パパが　ネイトと　いっしょに　ネイトの

かりる本を　えらんでいる　あいだに、セスは

マルコ・ポーロを、カウンターへ

もっていきました。

アンが、日記ちょうの　バーコードを　ピッと
読みこみました。

「マルコ・ポーロより、日記ちょうの　ほうが

　大きいや！」

　セスが　いいました。

　アンは　にっこりしました。

「ゆうかんな　たんけんかだから、すごい

　ぼうけんを　するのよ！　セスが

日記ちょうに　どんなことを

かいてくれるのか、楽しみだわ。

おとまり会では、ふたりで　大ぼうけんを

するんでしょうね。」

セスは　パパの　ほうを　ちらっと　見て、

本を　えらぶのに　いそがしそうなのを

たしかめてから、アンに　そっと　いいました。

「ほんとは、ちょっと　しんぱいなんだ。夜中に

目が　さめたら　どうしよう、とか、へんな

音が　きこえたら　どうしよう、とか。」

「かいちゅうでんとうは　もっていくの？」

アンが　小声で　ききました。

セスは　うなずきました。

「しんぱいな　ことが　あると、

どきどきしてしまうわよね。もし

たいへんなことが　おきたら、すぐに
だれかに　たすけてもらって。でも、
ちょっとしたことなら、がんばれると
思うわ。」

セスは　日記ちょうを　だきしめました。

アンの　ことばは　うれしいけれど、そんなに
かんたんに　いくのでしょうか？

マルコ・ポーロのことが　ベンに
ばれたら、からかわれるかもしれません。ベンの
兄さんの　ピーターに、赤ちゃんみたいと
思われるかもしれません。

パパと　ネイトを　まちながら、セスは
マルコ・ポーロの　小さな　耳に、
ささやきかけました。

「きみは　ゆうかんだ。だから　かりたんだよ。」

4

ともだちの家

　セスは、ベンの　たんじょう日パーティーの
しょうたいじょうを　なんども　読みました。
もう　おぼえてしまったくらいです。
　たんじょう日パーティーに　来てください！
日にちと　時間も　書いてあります。
そして、その　下に、こう　書いてありました。
　うちの　おかあさんが、ともだちを　ひとり
とめてもいいって。ぼく、セスに　とまりに
きてほしいんだ！　ぜったい　来てね！
　セスは　たんじょう日パーティーが
大すきです。ケーキ、ふうせん、ゲーム。

わくわくします。おまけに、ベンは　セスを

おとまり会に　えらんでくれたのです。

　ねぶくろで　ねるのも　楽しみです。

　でも、しんぱいなことが　ありました。

　こわい　ゆめを　見たら、どうしよう？

　ネイトや　パパが　こいしくなったら、

どうしよう？

　かいちゅうでんとうが　くらいところに

ころがって、見つけられなくなったら、どうしよう？

　うさぎの　ぬいぐるみの　ピョンコが

いなくて、ねむれるかな？

　ピョンコは、セスが　赤ちゃんのときからの、

お気にいりの　おもちゃです。

ずっと　前は　まっ白だった　ピョンコも、

何年も　さわっていたら、よごれて　はい色に

なってしまいました。やぶれたところを
ぬいなおしたあとも　あります。

　でも、そんなの　気になりません。ピョンコは
セスにとって、大すきな　たからものなのです。

　セスは　毎ばん　ピョンコと　いっしょに
ねます。ピョンコの　やわらかい　おなかを、
まくらがわりに　することも　あります。

　おじいちゃんと　おばあちゃんの　家にも
つれていきました。すると、おばあちゃんは、
ピョンコの　ふとんを　作ってくれました。

　けれど、セスは　ピョンコの　ことを、ベンに
話したことは　ありません。ぬいぐるみと
いっしょに　ねていると　しったら、なにを
いわれるか　わかりません。

　なにより、ピョンコの　ことを

からかわれたら、どうしたら　いいでしょう？
　古くて　きたないなあ、なんて　いわれたら？

　そう　考えると、セスは　いても　たっても
いられませんでした。
　けれど、図書館で　マルコ・ポーロを
見たとき、いいことを　思いついたのです。
　マルコ・ポーロは　小さいので、ねぶくろに
入れても、そんなに　ふくらみません。だから、

いっしょに　いることは　だれにも
気づかれないでしょう。
　マルコ・ポーロは　ピョンコでは
ありません。でも、小さくて　ゆうかんな
ひみつの　ともだちが　いっしょなら、セスも
ゆうきを　出せるというものです。
「いらっしゃい、セス！」
　げんかんの　ドアを　あけて、ベンの
おかあさんが　いいました。
「パーティーに　来てくれて、うれしいわ。
　リュックと　ねぶくろは、ベンと　ピーターの
　へやに　おいてちょうだいね。」
「こっちだよ！」
　ベンが　セスの　リュックを　もちました。
　パパが　セスを　ぎゅっと　だきしめました。

「あしたの朝、むかえに　くるよ。パパの

　電話ばんごうは　しっているよね。なにか

　あったら、電話しなさい。」

「そうね。いつでも　わたしの　電話を

　つかえば　いいわ。」

　ベンの　おかあさんが　いいました。

「ありがとう。」

　セスは　ふーっと　いきを　はきました。

「だいじょうぶ！　また　あしたね、パパ！」

　セスは　ねぶくろを　もちあげました。なかに

入れた　マルコ・ポーロが、おちてこなくて

よかったと　思いました。

　にもつを　おいたあと、セスは

ベンの　あとに　ついて、パーティーの　へやへ

入っていきました。

5
たんじょう日
パーティーの夜

　パーティーでは、みんなで　ふくらませた
ふうせんを、ゆかに　おちないように　バットで
うったり、へやを　走りまわったりしました。
　それから、ベンが　たんじょう日プレゼントを
あけるのを　見まもり、みんなで　新しい
おもちゃで　あそびました。
　スーパーヒーローの　ビデオを　見たり、
ピザや　アイスクリーム、ベンのために
つくられた　とくべつな　きょうりゅうの
バースデーケーキを　食べたりしました。
「おぼえてる？　ベンちゃんは、きょうりゅうを

こわがってたのになあ。とがった　歯が
いやで、キャーキャー　いってたんだぜ。
こんな顔の　やつが　こわくて！」
　ベンの　兄さんの　ピーターが、こわい　顔を
しました。
「もう　こわくないもん！　それに、
　ベンちゃんなんて、いわないでよ。」
　ベンが　こわい　顔で　いいかえしました。
「わかったよ、ベンベンちゃん。」
　ピーターが　からかいました。
　昼間のうち、セスは、ベンの　家が
自分の　家と　ちがうことを、おもしろいと
思っていました。
　トイレの　かべ紙は　さかなの　もようです。
　ベンと　ピーターの　へやには、

2だんベッドが　あります。

　チューリップという　名前の、ペットの

ネコも　います。

「花の　名前が　いいって、おかあさんが

　つけたんだ。チューリップは　いたずらが

　大すきだから、くつ下を　ぬすまれないように

　気を　つけて！」

　ベンが　いいました。

　セスは、ぬすまれないように、くつ下を

はいたまま　ねようと　きめました。

　ところが、ねる時間に　なると、ここは

自分の　家とは　ちがうなあと、なんだか

さびしくなってきました。

　ベンの　おかあさんが　いいました。

「おやすみ。セス、わたしは　ろうかの

47

むこうの　へやに　いますからね。

なにか　ようじが　あったら、えんりょなく

おこしてね。ろうかの　電気は

つけておくわ。」

　おかあさんが　やさしく　声を

かけてくれましたが、セスは

おちつきませんでした。

　弟の　ネイトに　おやすみの　おはなしを

読んであげたくなりました。それに　パパからの

おやすみの　キスも　ありません。

「おやすみ、ぐっすり　ねるんだよ。」という

パパの　声が　ききたくてたまりません。

　へやの　ドアが　しまると、すぐに

ピーターが　いいました。

「ゆうれいの　はなし、ききたい人？」

「いやだよ！」

　ベンが　いいました。

　セスは、まっさきに　いやだと

いわなくてすんで、たすかりました。

「ぼくも、やだ。」

「なんだい、よわむしだなあ。じゃ、おやすみ、

ベンベンちゃん。おやすみ、セスちゃん。」

　ピーターは　からかっているだけでしょうが、

セスは　いやな　気もちに　なりました。

　ネイトのことを、ぼくは　ぜったいに

からかったりしないぞ、

と、セスは　思いました。

　ネイトのことを　考えていたら、よけいに

さみしくなりました。

　セスは　なかなか　ねむれませんでした。

ベンの　家では、くらやみも　自分の　家とは

ちがって見えます。

　ピョンコに　会いたいなあ。

　パパに　会いたいなあ。

　ネイトの　小さな　ねいきも、

なつかしくなりました。でも　きこえるのは

ピーターの　いびきだけです。

　セスは　ねぶくろの　おくに　手を
のばして、マルコ・ポーロを　とりだしました。
「おやすみ、ぐっすり　ねるんだよ。」
　セスは　そっと　いうと、マルコ・ポーロの
どんぐりの　ぼうしに　キスを　しました。
　セスは、いつもは　ピョンコが　ねている
まくらの　上に、マルコ・ポーロを　のせました。
　朝に　なったら、ねぶくろに
かくさなくちゃ、
と、思いながら。
　マルコ・ポーロが　よこに　いるので、
セスは　やっと　あんしんして、ねむりに
つきました。
　あんまり　ぐっすり　ねむっていたので、

ドアが　ひらいた音に　気が

つきませんでした。

　ろうかの　明かりに　うかんでいたのは、

とがった　ふたつの　耳と、ふわふわの

しっぽでした。

　マルコ・ポーロだけは、ドアが　ひらく音も、
明かりに　てらされたかげにも、気が

つきました。

　そして、すぐに　わかったのです。

　たいへんなことに　なったと。

6

ネコの チューリップ

　マルコ・ポーロは　ネズミなので、ネコに
ねらわれるかもしれません。
　ぼくが　セスの　まくらの　上に
いることに、気が　つきませんように、
と、ねがいました。
　ネコの　チューリップは、足音も　たてずに、
へやへ　入ってきました。そして、セスの
リュックに　顔を　近づけて、おやつは
ないか、くつ下は　ないかと、くんくん
においを　かぎました。
　マルコ・ポーロの　いる　まくらの

すぐ　よこで、みどり色の　目が
くらやみに　光っています。
　チューリップは　マルコ・ポーロを
見ていました。
　チューリップの　ひげが、マルコ・ポーロの
顔を　くすぐります。
　すると、チューリップの　手が　のびて……
パシッ！　マルコ・ポーロを、まくらから
ゆかに、はじきとばしたのです。
　マルコ・ポーロは、しっぽを　かまれたような
気が　しました。そのとたん、さかさまに
されて、ぶらぶら　ゆれていました！
　たいへんだ！
　マルコ・ポーロは　大あわて。
　チューリップは、マルコ・ポーロの　しっぽを

くわえて、ベンの　へやから　出ていきました。

そのまま、リビングを　通りぬけます。

キッチンも　通りぬけます。

　そして、ガレージへ　つうじる　ネコ用の

ドアを　おしあけました。

　月の光が、まどから　ガレージの　ゆかを

てらしています。そのせいで、なにもかもが

大きく、ぶきみに　見えます。

　ぼくを　車の　近くに　おとしておくれよ。
そうすれば、家の　人が　見つけてくれるから
と、マルコ・ポーロは　ねがいました。

　けれど、チューリップは　車を　通りすぎ、
古い　ソファーへ　近づきました。

　そして、ソファーと　かべの　すきまに、
むりやり　入っていきました。

　マルコ・ポーロは、自分の　小さな　目が
しんじられませんでした。

　月明かりの　なかに、いろいろなものが、
ごちゃごちゃと　つみかさなっているのが
見えたのです。

　かみを　むすぶ　ゴム。
　口べに。

マーカーペン。

びんの　ふた。

ストロー。

プラスチックの　わっか。

小さな　かいちゅうでんとう。

金の　イヤリング。

そして、たくさんの　くつ下！

チューリップは、ごちゃごちゃの　山の

上に、マルコ・ポーロを　おとしました。

　ほこりが　まいあがって、マルコ・ポーロは

くしゃみを　しました。

　それから、チューリップは　丸まって、目を

とじました。

　ソファーの　うらの　こんなところで、

だれにも　見つけてもらえなかったら

どうしよう？

　チューリップが　ねむってしまうと、
マルコ・ポーロは　考えました。

　にどと　セスに　会えないかもしれない。

　ブック・フレンドの　みんなにも、もう
会えないかもしれない。

　マルコ・ポーロは　こわくなりました。
こわすぎて、ゆうかんな　ふりを　することも
できません。

　すると、「だれ？」と　ささやく　声が
しました。

7
かいぶつだ！

　マルコ・ポーロは、くらやみに　目を
こらしました。
　ソファーの　下から、小さな　みどり色の
顔が　つきだしています。
　つのが　2本。
　大きな　目。
　にやりと　わらう　口からは、きば！
　マルコ・ポーロは、自分の　小さな　目が
しんじられませんでした。
　かいぶつです！
　とっさに　ストローを　つかみ、かいぶつに

むかって、けんのように　ふりまわしました。

「あっちへ　行け！」

「なんで？」

　かいぶつが　ききました。

「だって、きみは　かいぶつなんだろう？」

「そうだよ。はじめまして。ぼく　かいぶつの

カイ。」

マルコ・ポーロは、近づいて　よく　見ました。

カイは　かいぶつですが、ぬいぐるみの

かいぶつでした。マルコ・ポーロと

おなじくらいの　大きさです。

「ぼくは　ネズミの　マルコ・ポーロ。」

「ベンを　見なかったかい？　ぼく、ベンの

　おもちゃなんだけど、すがたが　見えなくて、

　しんぱいなんだ。」

　カイが　いいました。

　マルコ・ポーロは　ストローを　おきました。

「見たよ。きょうは　ベンの

　たんじょう日でね。ぼくは　セスと

　いっしょに、パーティーに　来たのさ。」

「ベンの　たんじょう日だって？　うわあ、

どんなだった？　ケーキは　出た？　ベンは

何さいに　なったの？」

カイが　たずねました。

「何さいかは　知らない。ケーキも、ぼくは

見てないや。セスの　ねぶくろに

かくれていたからね。セスが　おとまりのとき、

こわがらないように　いっしょに　来たんだ。

だけど、ネコに　つかまっちゃって。」

マルコ・ポーロが　こたえます。

「ぼくも　ネコに　つれてこられたんだ。」

カイは　かなしそうに　わらいました。

「ベンは　ベッドの　下に　かいぶつが

いるって、こわがってる。それで

おかあさんが　ぼくを　買ってくれたんだ。

ほかの　かいぶつを　おいはらうようにって。」

64

「ハハハ、ざんねんだったな！」

　ぎん色と　赤の　ヒーローの　にんぎょうが、

ソファーの　下から　はいだしてきました。

「マルコ・ポーロよ、おまえは　これから

　えいえんに　ここに　とじこめられるのだ。

　ふたりとも、少し　だまっていてくれ。ベンが

　どうとか　こうとか、カイが　なきごとばかり

　いうから、うんざりしているのだ。」

「この人は　レンジャー。ここでは　いちばん

　古いんだ。」

　カイが　いいました。

「さいしょは、子ネコに　つれてこられた。

　たった　ひとりで　いて、それは

　楽しかった！　そこへ、カイが　やってきた。」

　レンジャーは　いいました。

「子ネコ？」

　マルコ・ポーロが　ふしぎそうに　ききました。

　レンジャーは　うなずきました。

「チューリップという　名前だ。」

　マルコ・ポーロは、自分の　小さな　耳が

しんじられませんでした。

　チューリップは　もう　おとなの　ネコです。

　レンジャーは　そうとう　長いあいだ、

ソファーの　うらに　いたのでしょう。

　なくしたら　たいへんって、

みんなが　しんぱいしていたのは、

こういうことだったのかと、マルコ・ポーロは

思いました。

　また　見つけてもらうまでに、

すごく　時間が　かかるかもしれません。

「ぼく、セスの ところに 帰らなくちゃ。」

　マルコ・ポーロは　いいました。

「どうやって？」

　カイが　首を　かしげます。

　マルコ・ポーロにも、わかりませんでした。

「あきらめろ。だれも　こんなところまで

　さがしに　こないさ。おまえは　えいえんに、

　ここに　とじこめられるのだ。

　わかったら、もう　ねろ。」

　レンジャーが　いいました。

　でも、マルコ・ポーロは　ねむれません。

ふあんで、目が　さえてしまいました。

　レンジャーの　いうとおりだったら、

どうしよう？

　だれも　さがしに　きてくれなかったら？

夜の　やみの　なかで、まわりに　あるものが
すべて、まっ黒で　おそろしい　かたまりに
見えます。

　マルコ・ポーロは　このとき　はじめて、
クリスマスツリーの
かざりのままだったほうが、
よかったんじゃないかと　思いました。

　少なくとも、あんぜんな　はこの　なかに
いられたでしょう。

　たぶん　ぼくは、ゆうかんな
たんけんかなんかじゃない。

　ただの　よわむしで　ちっぽけな、まいごの
ネズミなんだ。

「まだ　おきてる？」

　くらやみの　なかで、カイが　ささやきました。

「うん。ねむれなくて。」

　マルコ・ポーロが、そっと　いいました。

「かいぶつが　いるの？　それなら

　　おいはらってやるよ。ぼくの

　　しごとだからね。」

「ううん、かいぶつなんかじゃない。ぼくは

　　まいごで、ひとりぼっちだと　思ってさ。」

　マルコ・ポーロは　ぼそっと　いいました。

「ひとりぼっちじゃないよ。

　　ぼくが　いっしょじゃないか。」

　カイが　いいました。

　マルコ・ポーロは、カイの　うでに、自分の

手を　ひっかけました。

　ともだちに　くっついてみると、ゆうきが

出てきました。

だれかに　見つけてもらえないなら、自分で
ここから　にげださなくちゃ
と、マルコ・ポーロは　思いました。
でも、どうやって？

8

いっしょに　にげよう

　朝に　なると、ガレージの　まどから、
おひさまの　光が　さしこみ、夜の　くらやみは
きえました。くらくて　おそろしい
かたまりは、ヘアゴムや、くつ下、そのほかの
もとのものに　もどりました。
　明るいときなら、ソファーの　うらは
こわいところでは　ありません。はじめての
場しょ、というだけのことです。
　はじめての　場しょを　しらべることこそ、
たんけんかの　しごとだと、マルコ・ポーロは
思いました。

ぼくは　ゆうかんな　たんけんかだって、

ずっと　しんじつづけてきたのです。今こそ、

ほんものの　たんけんかに　なるときです。

　がんばって　ここから　にげなくては

いけません。ぐっすり　ねむっている

チューリップを　見ながら、マルコ・ポーロは

頭を　はたらかせました。

　ここは、ネコの　ひみつの　ほらあな。

　ネコの　たからものが　どっさり！

　にげたら　おいかけてくるかもしれない。

がぶり、と　かみつかれるかもしれない。

　だけど、ゆうかんな　たんけんかは、

ぜったいに　こわがったりは　しない。

　ちょっと　まてよ。ぼくは　こわがっていた。

まあ、ゆうかんな　たんけんかだって、たまには

こわいことも　あるさ。それでも、ちょうせんを
つづければいい。

　すると、すばらしい　考えが　うかびました。
うまくいくかは　わかりませんが、アンが
いっていたとおり、「やってみても　いいかも」
です。

　これなら　にげだせる。

　しかも、ひとりでは　ありません。

「カイ、おきて。いい考えが　あるんだ。」

　マルコ・ポーロは　ささやきました。

「なあに？」

　カイは　あくびを　しました。

「にげるよ。ぼくの　うでと　しっぽは、ものに
　つかまれるんだ。だから　きみを　つかんで、
　いっしょに　にげられる。」

と、マルコ・ポーロ。

「また　ベンに　会えるんだね！」

　カイは　にっこりしました。でも　すぐに、

こう　いいました。

「レンジャーは　どうするの？」

「わたしは　おもすぎる。」

　レンジャーが　ふたりのほうを　むいて

いいました。

　たしかに　そのとおりです。

　小さい　カイは　かんたんに　つかめますが、

大きな　レンジャーだと、あっというまに

おとしてしまうでしょう。はり金の　入った

うでは　そんなに　強くないのです。

「行くんだ！　わたしは　ひとりで

　だいじょうぶ。いや、かえって　つごうがいい。

　おまえたちが　来る前のように、また

　しずかに　すごせるからな。」

　とは　いうものの、レンジャーの　声は

かすかに　ふるえています。

「がんばれよ、カイ。ベンが　まだ

おぼえていてくれると　いいな。」

「ほんと。レンジャーは　ここに　いるよって、

　ぼくたちが　ベンに　教えてあげたい。」

　カイが　いいました。

　それを　きくと、マルコ・ポーロに　また

すばらしい　考えが　うかびました。

　レンジャーを　子どもたちの　ところへ

つれていくことは　できなくても、子どもたちを

ここへ　つれてくることは、

できるのではないか？

　マルコ・ポーロは、かたほうの　うでに、

たくさんの　ヘアゴムと　プラスチックの

わっかを　通しました。

「それ、どうするの？」

　カイが　ささやきました。

「道しるべに　するのさ。」

　マルコ・ポーロは　ささやきかえしました。

　もう　かたほうの　うでを、カイに

まきつけると、ねむっている　ネコに　目を

やりました。

　さあ、ここからが　たいへんだぞ。

マルコ・ポーロは、しっぽで　ゆびから
ぶらさがったり、コートかけの　フックや、
テーブルの　はし、ほんだなに
ぶらさがったりしたことは　なんども
あります。
　でも、ネコの　しっぽに
ぶらさがったことは、いちども
ありませんでした。

9

マルコ・ポーロは どこ？

　セスは　目が　さめると　まっ先に、やった！
と　思いました。ベンの　家で、ちゃんと
ねむることが　できたのです！

　ベンと　ピーターは　まだ
ねているようです。

　そこで　セスは、今のうちに、
マルコ・ポーロを　かくそうと　思いました。

　ところが、まくらを　さわってみると、
マルコ・ポーロが　いません。

　ねぶくろの　なかに　手を　入れて、ごそごそ
さぐってみました。

いません。

　近くの　ゆかにも、リュックの　そばにも

いません。

　いったい　どこへ　行ったのでしょう？

　セスは　ねぶくろから　はいだし、ベンの

たんすの　下を　のぞいてみました。

「なに　やってるの？」

　2だんベッドの　下のだんから、ベンが

たずねました。

　ピーターも　上のだんから

見おろしています。

「なんか　なくしたのかい？」

　セスは　こまってしまいました。

　マルコ・ポーロのことは、ベンと

ピーターには、ひみつに　しておきたいのです。

「えーと。かいちゅうでんとうが、たんすの

下に　ころがっていっちゃったかも。」

「だいじょうぶ。いっしょに

　さがしてあげるよ。」

　ベンが　いいました。

「ううん！　いいよ。自分で　さがすから。

　どこかに　ころがっていっちゃったんだよ。」

セスは　ことわりました。

「手つだうよ。ヒーターの　下かもしれない。」

　ベンも　ベッドから　出て、

さがしはじめました。

　ピーターも　上のだんから　はしごを

おりてきました。そして　セスの　まくらを

もちあげると、そこに　かいちゅうでんとうが

ありました。

「ほら、ずっと　ここに　あったんだよ！」
　セスは　もう　どうしていいのか、
わからなくなりました。
　そこで、ベンと　ピーターに、
ほんとうのことを　いおうと　きめました。
　からかわれたって、しかたが　ありません。
「ごめん。ほんとは
　かいちゅうでんとうじゃないんだ。
　マルコ・ポーロを　さがしてるんだよ。
　おもちゃの　ネズミでね。おとまりが
　こわくないように、図書館から　かりたんだ。」
　ベンは　びっくりしました。
「なんで？」
「ベンの　家に　とまるのは、はじめてでしょ？
　だから、ちょっぴり　こわかったんだ。

昼間しか　来たことが　なかったからさ。」

　セスは　気まずそうに　こたえました。

「ふたりとも、ほんと　こわがりだなあ。」

　ピーターが　わらいました。

「ニャ————オ！」

　そのとき　とつぜん　ドアが　ひらいて、
チューリップが　とびこんできました。
まるで　なにかに　おいかけられているように、
へやじゅう、ぐるぐる　走りまわっています。

　しっぽには、なんと　マルコ・ポーロたちが
くっついています！

「カイ！」

　ベンが　さけびながら、チューリップの
しっぽから、おもちゃを　つかみとりました。

「どこに　行ってたの？　ずいぶん

さがしたんだよ。」

「カイって？」

　セスが　ききました。

「ベンが　だいちゅきな、かいぶつさ。」

　ピーターが　からかいました。

　ベンの　顔は　赤くなりました。そして、

小さな　みどり色の　かいぶつを、ぎゅっと

だきしめました。

「ぼく、夜中に　ときどき　こわくなることが

　あるから、おかあさんが　カイを

　買ってくれたんだ。まっくらだと、かいぶつが

　出たら　どうしようとか、こわいことばっかり

　考えちゃう。だけど、カイは　かいぶつの

　ことばが　しゃべれるから、あっちへ

　行け！　って　いってくれるでしょ。ぼく、

赤ちゃんみたいかな。」

「まったくね。」

　ピーターが　あきれたように　いいました。

「そんなこと　ない！」

　セスが　大きな　声で　いいました。

「ぼくんちには、ピョンコっていう

　うさぎの　ぬいぐるみが　いるよ。ぼくが

　赤ちゃんの　ころからね。ほんとは

　ピョンコを　つれてきたかったけど、

　からかわれたら　いやだなって　思って。」

「からかったり　するもんか。」

　ベンは　カイに　顔を　うずめました。

「あれ？　なんだか　ガレージの　においが

　する。」

　セスは　マルコ・ポーロを　よく

88

見てみました。どんぐりの　ぼうしに、ほこりが

ついています。

　みんなは、チューリップに　目を　やりました。

「カイたちが　どこに　いたのか、わかったぞ。

　来いよ！」

　ピーターが　いいました。

10
ぼうけんが おわって

　みんなは、てんてんと　おちている、
ヘアゴムや　プラスチックの　わっかを
たどって、キッチンから　ガレージへと
たどりつきました。

　道しるべは　車を　通りすぎ、ソファーの
うしろへ　つづいています。

「なにか　あるぞ。ソファーを　うごかすの、
　手つだってくれ。」

　ピーターが　いいました。

　3人で　おしたり　引いたりして、ようやく
ソファーを　かべから　はなしました。

「この　くつ下の　山、見てよ。おかあさんの
　イヤリングも　ある！」
　ベンが　いいました。
　ピーターは、はっと　いきを　のみました。
「レンジャー！　ずっと　前に
　なくしたやつだ！」

ピーターは　ヒーローの　にんぎょうを
ひろいあげました。
　ベンは　チューリップに　むかって
いいました。
「じゃ、みんな　ここに　かくしてたんだね？
　これからは、なにか　なくなったら、どこを
　さがせば　いいか　わかったぞ！」
「レンジャーが　ずっと　こんなところに
　いたなんて。えいえんに　あえないと
　思ってたよ！」
　ピーターは　レンジャーを　だきしめました。
　ベンは　セスに　いいました。
「レンジャーは　お兄ちゃんの　だいちゅきな
　にんぎょうなのさ。」

「うるさい！　でもなあ、なくなって　ほんとに
さびしかったよ。だいじな
にんぎょうだったから。」
　ピーターは　レンジャーを　見つめながら
いいました。
　ベンは　うで組みをして　いいました。

「セスが　マルコ・ポーロを　だいじに

　思ってるのと　同じくらい？」

　セスも　うで組みをして　いいました。

「ベンが　カイを　だいじに　思ってるのと

　同じくらい？」

　ピーターは　しばらく　なにも

いいませんでした。それから、ためいきを　つき、

小さな　声で　いいました。

「そうだな。そのとおり。」

「なに？　もっと　大きな　声で　いってよ。」

と、ベン。

「そのとおりだよ！

　カイと　マルコ・ポーロのことで、

　からかったりして　ごめんよ。」

　ピーターが　いいました。

セスは　大きく　いきを　はきました。

ピーターは　本気で　あやまっているようです。

そこで、セスは　ゆうきを　だして

いってみました。

「うん、いいよ。だけど　もう、

　　ぼくたちのことを　よわむしっていったり、

　　ベンベンちゃんとか、セスちゃんなんて

　　いわないでね。」

「いわない。みんなで　この　おもちゃで

　　あそばないか？　たんじょう日プレゼントの

　　おもちゃも　いっしょにさ、ベンベ……」

　ピーターは　いいなおしました。

「ベン。」

「うん！　朝ごはん　食べたら　あそぼう。

　　きょうの　朝ごはんは　パンケーキだって！」

ベンが　いいました。

　みんなは、おもちゃの　ほこりを
はらいました。朝ごはんの　テーブルには、
マルコ・ポーロ、カイ、レンジャーが
すわっていました。

　そのあと、おもちゃたちは、ベンの
新しい　ラジコンカーに　のりました。

　ねんどあそびも　しました。

　きょうりゅうにも　会いました。

　まんがの　本も　いっしょに　読みました。

　子どもたちは、マルコ・ポーロや　カイや
レンジャーと　あそぶのが　楽しくて、
げんかんの　ベルが　なったのも、
気づきませんでした。

「やあ！　おとまり会は　どうだった？」

　セスの　パパが　いいました。

　セスは　パパの　ところへ

走っていきました。

「すごく　楽しかったよ！　マルコ・ポーロもね。

　また　おとまり会　やってもいい？　こんどは

　うちで。」

　パパは　にっこりしました。

「もちろん！」

「カイは　ピョンコに　会えるね。」

　ベンが　いいました。

　セスは　ピーターに　いいました。

「ピーターと　レンジャーも　来ない？」

　ピーターは　にっこり。

「いいよ！」

パパの　車で　帰るあいだ、マルコ・ポーロは
しあわせでした。こんな　大ぼうけんを
したのは、はじめてでした。
　はじめて　かりられて、おとまり会に
出かけました。
　そこで　ネコに　つかまえられて、
知らないところへ　つれていかれました。
　はじめての　場しょを　たんけんして、新しい
ともだちを　作りました。
　マルコ・ポーロは、図書館へ　帰って、
ブック・フレンドの　なかまたちに　会うのが
楽しみで　しかたがありません。ぼうけんは、
もう　おわったのですから……。
　ゆうかんな　たんけんかは、帰るのも
すきなのです。

11
いちばん すばらしいこと

「セス！ おとまり会は どうだった？」
　図書館で セスを 見かけた アンが

ききました。

　セスは にやっと わらいました。

「すごく 楽しかったよ！ さ来週、また

　やるんだ。こんどは ぼくの 家でね！」

「よかったわね。」

　アンが いいました。

「でも ちょっと こわいことも あったよ。

　くらくなったら、ベンの 家の なかが、

　いつもと ちがうように 見えたんだ。

いちばん　こわかったのは、ベンの　ネコが、
マルコ・ポーロを　つれていっちゃったこと！」
セスが　いいました。
「たいへん！　それで　どうなったの？」
　アンは　目を　まるくしました。
　セスは　マルコ・ポーロの　日記ちょうを
ひらきました。そして、おとまり会の　絵と
マルコ・ポーロの　新しい　ともだちの　絵を
アンに　見せました。

さいごの　絵は、マルコ・ポーロが　セスの
家で、ピョンコに　会っているところでした。
「小さな　ネズミの　大ぼうけんだったのね。
　セス、あなたに　とっても、
　大ぼうけんだったわね。」
　アンが　日記ちょうを　うけとりながら
いいました。
　セスは　うなずきました。
「こんどの　おとまり会にも、マルコ・ポーロを
　かりていい？　マルコ・ポーロが　いなくちゃ、
　おとまり会に　ならないから。」
　アンは　にっこりしました。
「もちろん　いいわよ。そのときのために、
　とっておくわ。」
「こんどは、ぼくが　ゆうきを　出すために

かりるんじゃないよ。きっと、ベンや
ピーターや、カイや　レンジャーが、
マルコ・ポーロに　会いたいと　思うんだ。」
セスが　いいました。
「ともだちなら　そうね。みんなが　いれば
楽しいわよね。」
アンが　いいました。
それを　きいていた　マルコ・ポーロは
うれしくなりました！　また　カイや
レンジャーに　会って、セスの　へやにある
おもしろいものを、見せてあげたいと
思いました。それに　セスの　家には　ネコは
いませんしね！
マルコ・ポーロは、ブック・フレンドの
みんなに、大ぼうけんを　したことを

話したくて　たまらなくなりました。

　アンと　子どもたちが、おはなしの　へやへ

行ってしまうと、すぐに　いいました。

「ぼく、おとまり会に　行ったよ。そしたら、

　夜中に　ネコが　来て、セスの　まくらの

　上から、ぼくを　さらっていったんだ。」

「まあ、なんてこと！　こわかったでしょう？」

　めんどりの　コッコが、ひよこの　ピッピの
耳を　ふさぎながら　いいました。

　マルコ・ポーロは　うなずきました。

「そのあと、ヒーローや　かいぶつに
　会ったんだよ。」
「かいぶつですって？　わたしだったら、
　きぜつしちゃうわ。」
　にんぎょうの　リリーが　いいました。
「かいぶつは、すごい　歯を　してた？」
　ピッピが　ききました。
「すごい　きばだったよ！　でも、ともだちに
　なったんだ。カイって　名前。」
　マルコ・ポーロが　自まん気に　こたえました。
「すごいわ！　かいぶつが　ともだちだなんて。」
　コッコが　いいました。
　マルコ・ポーロは　うなずきました。
「ぼくは　ネコの　しっぽに　つかまって、
　そこから　にげだしたんだ。」

「そいつは　ゆうかんだったな！」

　クマくんが　目を　かがやかせました。

「でも、ぼくは　いつも　いつも、

　ゆうかんだったわけじゃない。ゆうかんな

　たんけんかだって、たまには　こわいことも

　あるよ。ぼく、大ぼうけんを　して、もっと

　だいじなことが　あるって、わかったんだ。」

　マルコ・ポーロは　いいました。

　ブック・フレンドの　なかまたちは、はなしを

よく　きこうと、前のめりに　なりました。

「ぼうけんで　いちばん　すばらしいことは、

　いっしょに　ぼうけんする　ともだちが

　いるってことさ。」

　マルコ・ポーロは　いいました。

　みんなも、そのとおりだなと　思いました。

作 **シンシア・ロード**

米国ニューハンプシャー州出身、メイン州在住。夫と娘、自閉症の息子
とともに暮らす。教職、書籍販売を経て、作家となる。デビュー作『ルー
ル!』(主婦の友社)でニューベリー賞オナー他多くの賞を受賞。

絵 **ステファニー・グラエギン**

米国イリノイ州出身、ニューヨーク州在住。子ども時代は絵を描くことと、
動物たちを集めることに熱中。メリーランド美術大学卒業後、プラット美
術学校で版画制作を学ぶ。主な作品に『おじゃまなクマのおいだしかた』
(岩崎書店)、『わたしを わすれないで』(マイクロマガジン社)などがある。

訳 **田中 奈津子**

翻訳家。東京都生まれ。東京外国語大学英米語学科卒。主な訳書に『は
るかなるアフガニスタン』(講談社、第59回青少年読書感想文全国コンクール課
題図書)、『エミリーとはてしない国』(ポプラ社)などがある。

ブック・フレンド②

図書館のぬいぐるみかします
はじめてのおとまり会

2024年7月　第1刷

作	シンシア・ロード
絵	ステファニー・グラエギン
訳	田中 奈津子

発行者	加藤裕樹
編 集	林 利紗
発行所	株式会社ポプラ社
	〒141-8210 東京都品川区西五反田3-5-8
	JR目黒MARCビル12階
	ホームページ www.poplar.co.jp
印刷・製本	中央精版印刷株式会社

装 丁	坂川朱音(朱猫堂)
本文デザイン	坂川朱音+小木曽杏子(朱猫堂)

ISBN978-4-591-18219-2
N.D.C.933 /119P/22cm
Japanese text©Natsuko Tanaka 2024
Printed in Japan

このおはなしに登場した本

*入手しにくいため、図書館などでお探しください。

「編集長ジェロニモ」シリーズ*

ジェロニモ・スティルトン 作　ラリー・ケイズ 絵
郷田千鶴子 訳　（フレーベル館）

『スチュアートの大ぼうけん』

E. B. ホワイト 著　ガース・ウイリアムズ 絵
さくま ゆみこ 訳　（あすなろ書房）

『子ねずみラルフのぼうけん』*

ベバリー・クリアリー 作　赤坂三好 絵
谷口由美子 訳　（童話館出版）

『いいこで　ねんね』*

デヴィッド・エズラ・シュタイン 作
さかい くにゆき 訳　（ポプラ社）

ブック・フレンド①

図書館の
ぬいぐるみかします

わたしのいるところ

にんぎょうの アイビーは、本のようにかりることのできる
図書館の ぬいぐるみ〈ブック・フレンド〉に なりましたが
だれにも かりられたくないと 思っていました。
そんなとき、ひとりの 女の子に 出会います。

**女の子と 図書館の にんぎょうが
それぞれの いるところを 見つける 物語。**

めんどりのコッコと
ひよこのピッピ

フクロウさん

ノーム

クマくん

ユニコーンの
キラリ

アイビー

リリー

ムササビのムササ